**Para
SYLVIE y
WAYLAND**

Pequeños amigos que están lejos

Sami Superpestes
LOS PIRATAS DE LA CLOACA

Escrito e ilustrado por

HANNAH SHAW

blok
B DE BLOK

Barcelona • Madrid • Bogotá • Buenos Aires • Caracas • México D. F.
Miami • Montevideo • Santiago de Chile

Título original: *Stan Stinky vs. The Sewer Pirates*
Traducción: Máximo González Lavarello
1.ª edición: febrero 2015

Texto e ilustraciones © Hannah Shaw, 2014
© Ediciones B, S. A., 2015
 para el sello B de Blok
 Consell de Cent 425-427 - 08009 Barcelona (España)
 www.edicionesb.com

Printed in Spain
ISBN: : 978-84-16075-28-7
DL B 205-2015

Impreso por QP PRINT

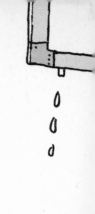

Capítulo 1
Cloacas seguras

—¡Sami! ¡Yuju!

Sami estaba esperando en la parada del bus cuando vio que Olivia Tubería de Cobre venía corriendo hacia él agitando los brazos descontroladamente. Olivia era nueva en clase. Había entrado en la Escuela para Ratas tras las vacaciones de verano, y había causado cierto revuelo porque, aparte de que no paraba de hablar, lo hacía en voz MUY ALTA.

—¡SE TE HA CAÍDO ESTO! —dijo ella, devolviéndole a Sami su lápiz mordisqueado y su cuaderno de papel higiénico.

—¡Gracias, Olivia! —le agradeció Sami, aliviado. Su cuaderno era súper importante, porque era ahí donde apuntaba todos sus pensamientos y ocurrencias; pero lo era más aún en esos momentos, debido al proyecto ULTRASECRETO en el que estaba trabajando.

CONQUE TE GUSTARÍA SER DETECTIVE, ¿EH?

gritó Olivia.

—¡Oye! —replicó él, frunciendo el ceño—. Baja la voz, que es un secreto.

Olivia hizo caso omiso.

—¿De veras eres detective? ¿Cuántos crímenes has resuelto? Aaah, ¿es de eso de lo que vas a hablar en tu ponencia? La señorita Picores dice que todos tenemos que hablar durante diez minutos del tema que queramos, aunque seguro que tú tienes tanto que decir que necesitarás más tiempo.

—Eeeh... —masculló Sami; no deseaba reconocer que jamás había resuelto un solo caso.

—Pues yo voy a hablar de LAS HORMI-

GAS CENTINELA. Toni, mi hormiga centinela...

En ese momento, Olivia fue interrumpida por el ruido metálico del viejo bus de lata de alubias con salsa de tomate. La tubería se llenó del humo que emanaba del tubo de escape.

—Vaya, ¿vives en el nivel superior? —le preguntó Olivia, mientras Sami se alejaba de ella en dirección al bus—. Yo vivo en Aguas Marrones. Todos los días tengo que tomar una VIEJA BALSA para ir y volver de la escuela...

Cuando el bus arrancó de nuevo, Olivia seguía hablando, y Sami la vio alejarse a través de la mugrienta ventanilla trasera. Se rio para sus adentros y se frotó las orejas. Su compañera de clase hablaba hasta por los codos.

Mientras el bus iba zarandeándose con sus asientos cubiertos con apestosas manchas de alubias mohosas, Sami escrutó a los demás pasajeros. Eran todos adultos de lo más ABURRIDOS.

Sami pensó que ojalá hubiese vivido en el pueblo de Aguas Marrones o en la ciudad Porquería de la Cloaca para poder así desplazarse a la escuela en la balsa, junto con las demás ratas de su clase. Su casa estaba justo debajo de la alcantarilla, en la parte más aburrida de toda la cloaca, y apenas si había ratas de su edad con las que poder jugar.

Para colmo, vivía tan lejos de los ríos de la cloaca que no había aprendido a nadar hasta el verano anterior, lo cual era algo insólito para una rata de cloaca. Gracias a la aventura que había vivido con el chiflado de su tío, el Capitán Ratas, y su mano derecha, la cucaracha Cuca, en su barco *El Viejo Tallarín*, había podido aprender a nadar por su cuenta. También había aprendido a hacer surf, ¡y hasta se habían enfrentado a un ser humano de verdad! El Capitán Ratas lo había nombrado Especialista Aventurero, y habían salido en las portadas de los diarios por haber salvado las cloacas del desastre de la ropa interior. Como recompensa, el Capitán Ratas había recibido dos grifos de oro de manos del alcalde. Era el mejor verano que Sami había pasado jamás y desde entonces, iba a la búsqueda de algo igual de excitante.

No obstante, era muy complicado encontrar algo de diversión en el nivel superior. Lo más interesante que había ocurrido últimamente era que un humano había vaciado una lata de cola en la alcantarilla, el salón se había inundado y Sami había estado a punto de perder a su madre. Se había pasado toda la tarde ayudándola a quitar aquel líquido pegajoso del suelo. Esa había sido toda la acción que había tenido. En contrapartida, Sami había LEÍDO aventuras. Cada semana, esperaba ansioso la llegada de su cómic favorito, *Detective Araña*, un detective de lo más molón, cuya habilidad para colgarse del techo y tejer telarañas invisibles desde las que espiar a los sospechosos lo hacían destacar en su trabajo.

«Cómo me gustaría ser como él», pensó Sami. Sonrió y abrió su cuaderno, donde ha-

cía poco había dibujado a su héroe. Olivia
había acertado: pretendía sorprender a su
clase y hablarles de cómo era ser detective.
Echó un vistazo a lo que había hecho hasta
el momento.

Sami suspiró. El último punto era el más
complicado. ¿Dónde iba a encontrar un crimen que investigar?

Cuando llegó a casa abrió la puerta de lata
oxidada, que hizo su habitual chirrido, y ol-

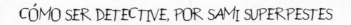

CÓMO SER DETECTIVE, POR SAMI SUPERPESTES

Cosas que necesito para convertirme en un buen detective:

Cámara

Lupa

Prismáticos

Disfraces varios
(gafas de sol, etc.)

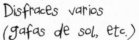

- Consejos de un detective de verdad, como el inspector jefe Guano
- Un caso que resolver

fateó de inmediato las salchichas de larvas que se estaban cocinando en la sartén. Su madre había vuelto temprano del trabajo.

—¡Hola, Sami! ¿Has tenido un buen día? Mira qué buena noticia: ¡la cloaca está oficialmente libre de crímenes!

¡NOOO! Sami no podía creerlo.

—¿Libre de crímenes? ¿Completamente? ¡Déjame ver! —exclamó, arrebatándole el diario a su madre.

—¡Bah! —dijo Sami—. Y yo que pensaba llamar al inspector Guano para que me ayudara...

Sin embargo, su madre no estaba escu-

chando. Estaba leyendo el ejemplar de la revista *Olores* y deleitándose con las fotos de

GRATIS EN EL INTERIOR, EJEMPLAR DE LA REVISTA OLOR

Noticias Viscosas

2 PENIQUES RATUNOS

¡LA CLOACA ESTÁ OFICIALMENTE LIBRE DE CRÍMENES!

¡ME VOY DE VACACIONES! - *Inspector Guano*

Hogar para P.A.O.P. Gala Benéfica

SIGUE EN LA PÁGINA 2

los famosos. Sami leyó por encima de su hombro.

Sami tiró la revista con enfado.

—¡Lo que hay que ver! ¡Hasta los criminales se han vuelto aburridos!

Cuando Sami se hubo terminado las sal-

OLORES REVISTA

El criminal rehabilitado Max Pulgoso revela su secreto para ser bueno y organiza una gala benéfica.

«ME ENCANTA SER BUENO»

Max Pulgoso ha dejado atrás sus días de ladrón y maestro del engaño. Ahora lo que más le gusta es ser buena persona. Todo el dinero que ha ganado con su tienda de disfraces, Los Disfraces de Max, será destinado a su nuevo proyecto, un hogar para Palomas Abandonadas y Otras Plagas (P.A.O.P.).

«Quiero ayudar a los demás a darse cuenta de que ser bueno es algo bueno, así que he contratado a otros delincuentes rehabilitados para que trabajen en él», ha declarado Max.

Por último, para celebrar que la cloaca ha sido declarada libre de crímenes, Max le ha regalado al inspector Guano un billete para un viaje alrededor del mundo, empezando por las Pirámides de Guano del antiguo Egipto.

Al ser preguntado por su derroche de generosidad, Max ha dicho con modestia: «Me encanta ser bueno.»

chichas de larvas y el puré de pieles de pata-
tas, su madre recordó que se había olvidado
de darle la carta que le había llegado. Era del

tío Ratas. Sami le había escrito hacía un
montón hablándole de sus intenciones de
hacerse detective, y había esperado una res-
puesta desde entonces.

«Lástima que no haya crimen alguno que
investigar —pensó Sami mientras se cepilla-

Sami Superpestes

El Viejo Tallarín.
Porquería
de la Cloaca.

LA MEJOR
TABERNA GRASIENTA
DEL PUERTO

Querido Sami:
¡Encantado de saber de ti!
Cuca y yo hemos estado atra-
cados en el puerto de Porquería
de la Cloaca, hinchándonos a
fritanga y viendo a viejos amigos. Últimamente no he visto
demasiado al alcalde, porque

ha estado viéndose con su nuevo amigo, el «simpático» Max Pulgoso, que me pone de los nervios con su rollo de que le encanta ser bueno. ¡Pst! Me parece muy interesante eso de que te gustaría ser detective. Si necesitas ayuda para resolver cualquier caso, cuenta con nosotros para atrapar a los malos (siempre y cuando sea después de desayunar). Como ya sabes, ¡las aventuras son nuestra especialidad!

Grasientamente,

Capitán Ratas Cuca

ba los dientes—. ¿Qué voy a hacer ahora con mi exposición oral?»

—Mamá, ¿podríamos tener una hormiga centinela? —preguntó Sami cuando ella fue a arroparlo—. Olivia Tubería de Cobre tiene una y va a llevarla a clase para su charla.

—Lo siento, Sami, pero soy alérgica al pelo de hormiga.

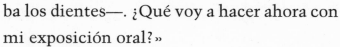

Sami suspiró. «De todos modos —pensó mientras se dormía—, ¿de qué sirve una hormiga centinela si no hay nada que vigilar?»

Capítulo 2
Nuevos trucos

—¡Silencio! ¡Que todo el mundo vuelva a su sitio! —gritó la señorita Picores por encima de los chillidos de sus alumnos.

Olivia Tubería de Cobre estaba de pie al frente de la clase, sosteniendo un pequeño cojín hecho de envoltorios de chocolatinas, sobre el cual estaba la hormiga más bonita que Sami había visto jamás. Tenía los ojos grandes y brillantes, y movía su diminuto aguijón con elegancia. Todos en clase estaban muy excitados. Fiona Mugre no dejaba de hacerle carantoñas.

«Pues no tiene mucha pinta de hormiga centinela —pensó Sami—. ¡No podría asustar ni a un mosquito!»

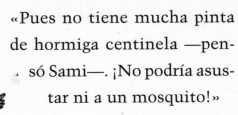

—Esta es Toni —exclamó Olivia—. Su comida favorita son los bocadillos de mermelada. Está aprendiendo a vigilar cosas, ¡y también sabe hacer algunos trucos!

—¡Dile que haga alguno, porfa! —rogó Fiona Mugre.

Durante un segundo, Olivia pareció preocupa-

da, pero entonces se volvió hacia Toni y dijo con gesto severo:

—Toni, siéntate!

La hormiga se la quedó mirando como si nada.

—¡He dicho SIÉNTATE! —insistió Olivia.

Toni meneó el aguijón... Y se tumbó.

—Eh... Todavía se confunde un poco entre sentarse y estirarse —se excusó Olivia—. En su lugar, os enseñaré cómo pide comida.

La ratita agarró un trocito de bocadillo y lo agitó delante de la nariz de Toni.

—Toni, SUPLICA! —ordenó.

La hormiga contempló el pedazo de boca-

dillo, pegó un salto y se lo arrebató, para después tragárselo de una sola vez.

—También se confunde un poco entre suplicar y, eh... ¡saltar! —se disculpó Olivia, ruborizándose—. Pero os aseguro que es una buena guardiana. ¡Dejadme que os lo enseñe!

Olivia rebuscó en una bolsa. Sacó un tapón de botella plateado, grande y con aspecto de ser muy caro, y lo dejó en el suelo.

—Ahora, Toni... —empezó, justo antes de que otra voz la interrumpiera.

—Bueno, bueno, bueno. ¿Qué tenemos aquí? —dijo alguien desde la puerta.

Sami se volvió y vio una silueta alta que le resultó extrañamente familiar.

A la señorita Picores se le iluminó el rostro.

—¡Señor Pulgoso! —exclamó—. ¡Llega usted temprano! ¡Pase, pase!

¡Claro! ¡Max Pulgoso! Sami lo había visto en el último número de la revista *Olores* que su madre tenía en casa. Iba vestido con un traje muy chulo y zapatos brillantes, como en las fotos.

—Niños, dejadme que os presente al señor Max Pulgoso. Está aquí para hablarnos de su exitosa carrera y de por qué es bueno ser bueno.

—¡Será un placer! —le dijo Max Pulgoso, sonriendo con suficiencia y tomando asiento.

Tenía un olor curioso. «Demasiada *Eau de Retrete*», pensó Sami.

—No te preocupes por mí, querida —le

dijo Max a Olivia—. Estoy deseando ver el truco de tu hormiga.

Olivia prosiguió:

—¿Por dónde iba? Ah, sí. Toni iba a demostrar lo buena guardiana que es —dijo, señalando el tapón—. Este tapón pertenece a la inestimable colección de tapones de botella de mi padre. Es uno de los ciento tres que posee. La tarea principal de Toni consiste en vigilar la colección.

Sami vio que, de repente, Max Pulgoso se inclinaba hacia delante con evidente curiosidad.

—¡TONI, VIGILA! —le ordenó Olivia a su hormiga, mirándola como suplicándole que no le fallara.

Toni olisqueó el tapón sin demasiado interés, y a continuación se echó a dormir.

La clase al completo estalló en carcajadas,

y Sami no pudo evitar sentir cierta pena por la pobre Olivia.

Max Pulgoso se incorporó y le dio una palmadita en la cabeza.

—La verdad es que ha sido MUY interesante, igual que eso de la inestimable colección de tapones de tu padre —dijo, agachándose para admirar el que tenía delante—. ¡Qué preciosidad!

Toni abrió un ojo.

—Qué hormiguita tan mona —dijo Max,

que fue a acariciarla pero retiró el brazo cuando Toni trató de mordérselo.

«Puede que a Toni tampoco le guste su colonia», pensó Sami.

—¡Lo siento mucho, señor Pulgoso! —se disculpó la señorita Picores, indicando a Olivia que volviera a su silla con la hormiga—. ¿Le gustaría dirigirse a la clase ahora?

Max Pulgoso puso una sonrisa de oreja a oreja.

—Bueno, bueno, mis jóvenes ratones. Estoy encantado de poder estar hoy aquí. Soy una rata muy ocupada, pero siempre me gusta dedicar tiempo a conocer a mis fans —dijo, guiñándole un ojo a la profesora, que se sonrojó—. He venido a vuestra escuela para contaros la historia de mi vida. Veréis, yo solía ser una rata algo malvada, lo que me hizo dar con los huesos en Ratatraz.

Max hizo una pausa, y los alumnos se quedaron de piedra.

Ratatraz era una tienda de mascotas del mundo exterior, y todas las ratas sabían que allí era donde te mandaban si habías sido muy, MUY malo.

—En Ratatraz te tienen encerrado en una jaula, te hacen correr constantemente en una rueda y solo te dan de comer guisantes secos. ¡Algunos de mis compañeros de jaula fueron vendidos a niños humanos como mascotas! ¿Habéis visto alguna vez a una cría de humano?

Sami sí, en la aventura que había vivido aquel verano con su tío, y no quería volver a encontrarse con otro.

Max Pulgoso prosiguió:

—Son parecidos a los demás humanos, ¡pero totalmente fuera de control! —dijo, secándose la frente, como si todavía le provocara escalofríos pensar en ello—. Creedme, he aprendido de mis errores. Después de un tiempo, me soltaron por buen comportamiento. Desde entonces, he trabajado duro y he amasado una enorme fortuna con mi tienda de disfraces, Los Disfraces de Max, y dedico todo mi tiempo libre a ayudar a los necesitados. Hace poco, con ayuda de otros criminales rehabilitados, he montado un hogar para Palomas Abandonadas y Otras Plagas junto al río. Ahora soy un CIUDADANO EJEMPLAR. ¡Me encanta ser BUENO!

Max sonrió y se atusó el bigote. Parecía

muy satisfecho de sí mismo. Sami llegó a la conclusión de que no le caía bien en absoluto, y mientras el resto de sus compañeros se dedicaba a pedirle autógrafos y a sacarse fotos con él, prefirió tomar algunas notas al respecto para sus prácticas de detective.

Sami sacó su cuaderno y se puso a dibujar.

Luego escribió:

Entonces sonó la campana y la señorita Picores dijo:

—¡Se acabó la clase! Muchas gracias, señor Pulgoso; ha sido una charla MARAVILLOSA. Sami, tú eres el próximo, así que espero que la tuya sea al menos igual de buena.

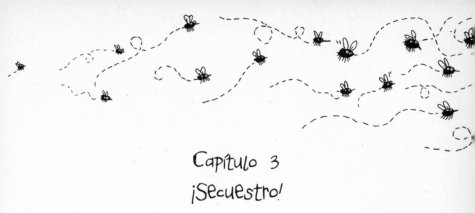

Capítulo 3
¡Secuestro!

Al día siguiente era sábado, y no había que ir a la escuela. Mientras la madre de Sami estaba ocupada haciendo cosas aburridas de

esas que hacen las mamás y los papás, él ya-
cía en su cama, rodeado de cómics.

Estaba inmerso en un viejo ejemplar del
Detective Araña, cuando el timbre de la
puerta sonó varias veces seguidas.

¡Adelante!

oyó decir a
su madre.

¡Cuánto me alegro de conocer a una de las compañeras de escuela de mi hijo!

Sami se incorporó. ¡Había venido a visitarlo alguien del colegio! ¡A CASA! Ninguno de sus amigos solía desplazarse hasta su hogar, puesto que estaba demasiado lejos de la cloaca principal.

Bajó la escalera corriendo y se encontró ni más ni menos que a Olivia Tubería de Cobre, que esperaba sentada a la mesa de la cocina. Parecía triste, y lo más extraño de todo era que estaba callada.

—¿Seguro que estás bien, querida? —le preguntó su madre, sirviéndole una taza de chocolate mohoso caliente—. Qué mala noticia lo de los robos, ¿no te parece? Y más cuando aseguraban que habían erradicado el crimen. ¡No puedo creer que haya piratas en las alcantarillas!

«¿Robos? —pensó Sami—. ¿PIRATAS?»

—Aquí está Sami —anunció su madre—. Bueno, tengo que salir a hacer las compras... ¡Espero no encontrarme con ningún pirata! —añadió riéndose.

Sin embargo, Sami advirtió que Olivia no sonreía. De hecho, parecía que estuviese a punto de echarse a llorar.

Tan pronto como la mamá de Sami salió de casa, Olivia estalló en lágrimas.

—Sami, tú eres detective; ¡TIENES QUE AYUDARME! —suplicó, desesperada, señalando un ejemplar del *Noticias Viscosas*.

Noticias Viscosa

¡ROBOS EN AGUAS MARRONES!

PIRATAS, PRINCIPALES SOSPECHOSOS

2 PENIQUES RATUM

Los ciudadanos de Aguas Marrones se han despertado hoy con una desagradable sorpresa. Durante la noche, unos ladrones, se cree que piratas, se colaron en las tuberías de la ciudad, llevándose más de veinte sacos de bienes. Entre otras valiosas pertenencias, como ornamentos de jardín, fue robada la estimada colección de tapones de botella de Fred Tubería de Cobre y la cucharita de café de Cheryl Mugre. También fueron sustraídas varias piezas del Museo de Cosas Brillantes Vertidas Accidentalmente por los Sumideros.

← COSA BRILLANTE

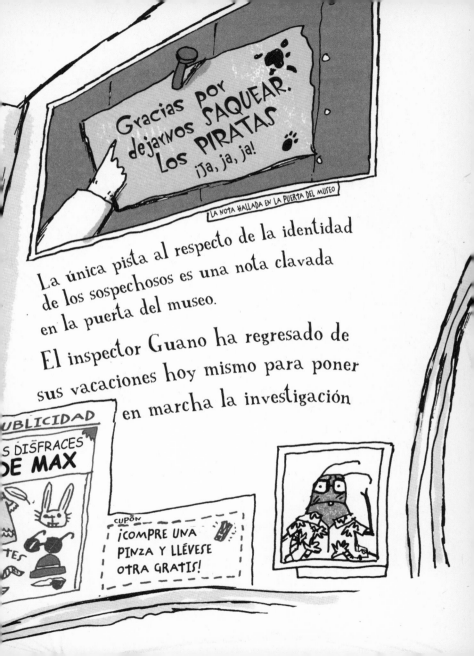

Gracias por dejarnos SAQUEAR. Los PIRATAS ¡Ja, ja, ja!

LA NOTA HALLADA EN LA PUERTA DEL MUSEO

La única pista al respecto de la identidad de los sospechosos es una nota clavada en la puerta del museo.

El inspector Guano ha regresado de sus vacaciones hoy mismo para poner en marcha la investigación

PUBLICIDAD

S DISFRACES DE MAX

CUPÓN

¡COMPRE UNA PINZA Y LLÉVESE OTRA GRATIS!

«Parece que después de todo las cloacas no están completamente libres de crímenes», pensó Sami.

No solo han desaparecido los tapones de botella de mi padre, ¡sino que también han secuestrado a Toni!

¡TIENES que ayudarme!

Sami se quedó mirando a Olivia. Sentía pena por ella y por todos los habitantes de la cloaca a los que les habían robado. Al mismo tiempo, no obstante, también estaba entusiasmado. ¡Por fin había un crimen que investigar!

—¡Ayúdame, Sami, por favor! —le rogó Olivia—. ¡Seguro que puedes usar tus conocimientos de detective para encontrar a Toni! —dijo, entregándole un sobre—. Mira, he encontrado una pista.

¡Vale, vale! Te ayudaré. Pero primero tranquilízate y cuéntame bien todo.

Sami cogió su libreta de detective y comenzó su investigación.

INVESTIGACIÓN:
El caso de la hormiga centinela desaparecida

Nombre de la víctima: Toni
Propietaria: Olivia Tubería de Cobre
Domicilio: Paseo de Aguas Marrones, 89,
Aguas Marrones.

También sustraídos de la misma
dirección: 103 tapones de botella
propiedad de Fred Tubería de
Cobre.

Testimonio de Olivia Tubería de Cobre: «Acosté
a Toni a la hora de siempre. A medianoche oí que

ladraba, pero como siempre ladra en sueños, no me preocupé. Cuando me levanté, Toni y los tapones habían desaparecido! Entonces, mi padre dijo que Toni no servía para vigilar, y que no sabía para qué la habíamos traído a casa. Yo me enfadé y me fui.»

Plano de la escena del crimen:

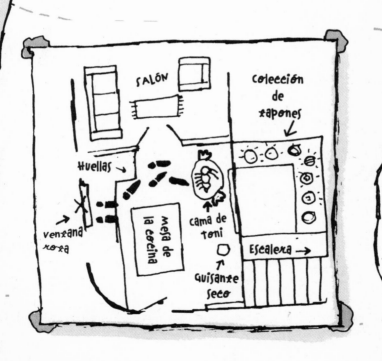

SALÓN

colección de tapones

Huellas

ventana rota

mesa de la cocina

cama de toni

Guisante seco

Escalera →

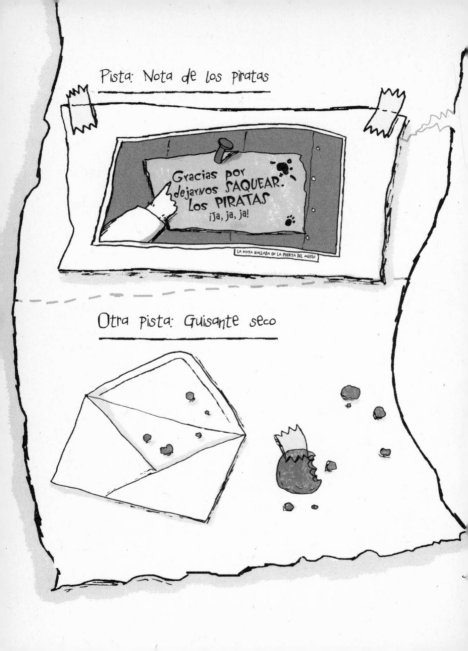

—¡PUAJ! —soltó Sami en cuanto extrajo la pista que le había dado Olivia—. ¿Qué es esto? ¡Un guisante reseco! ¿De dónde lo has sacado?

—Lo encontré —contestó ella, orgullosa—. Estaba en el suelo, junto al lugar donde duerme Toni.

Sami observó el guisante detenidamente. Se parecía un poco a la comida para mascotas, pero en las cloacas no había tiendas de mascotas. Qué extraño... Dedicó unos instantes a pensar.

—Esta pista es MUY IMPORTANTE, Olivia —dijo—. Tu ayuda va a ser indispensable para resolver este caso.

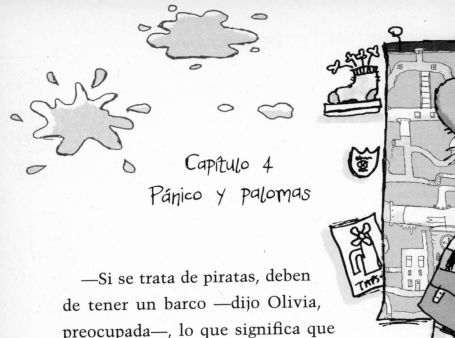

Capítulo 4
Pánico y palomas

—Si se trata de piratas, deben
de tener un barco —dijo Olivia,
preocupada—, lo que significa que
pueden haberse llevado a Toni a cualquier parte.

Sami y Olivia dedicaron un momento a estudiar el mapa de las cloacas que tenía él en la pared de su dormito-
rio.

—¿Por qué no vamos a contárselo a mi
tío, el Capitán Ratas? —sugirió Sami—. Co-

noce todos los barcos que navegan por el río Viscoso.

Olivia estuvo de acuerdo, y salieron rápidamente para Porquería de la Cloaca.

Cuando al cabo de un rato el bus los dejó

en el puerto, Sami esperó ver *El Viejo Talla-rín* amarrado en sus hediondas aguas, pero, aunque el río estaba lleno de embarcaciones meciéndose, el barco de su tío no se veía por ninguna parte. Sami recorrió los embarcaderos de arriba abajo, y finalmente dio con el bote hecho con media botella de plástico que solía ir con *El Viejo Tallarín*, pero no había ni rastro del barco.

—Qué raro —dijo Sami—. Si el Capitán Ratas se hubiese marchado de aventura, estoy seguro de que me

lo habría dicho. Al fin y al cabo, ¡soy Especialista Aventurero!

—Pues sí que empezamos mal —dijo Olivia, molesta—. Y ahora, ¿cómo vamos a encontrar a Toni?

—Tal vez el alcalde pueda echarnos una mano —sugirió Sami—. Él y mi tío son buenos amigos. —Pensó en la carta que le había enviado su tío. Aunque él y el alcalde ya no se veían tanto, seguro que podía saber si el Capitán Ratas había salido de la ciudad o no—. Vayamos a preguntarle.

El alcalde vivía en la tubería donde estaba alojado el ayuntamiento, la más bonita y lujosa de toda la cloaca. En su interior se amontonaban las preciosas reliquias del Viejo Consejo de la Cloaca, y estaba adornado con imponentes estatuas, cuadros y su famoso techo repleto de tapones dorados.

Cuando Sami y Olivia llegaron, vieron que delante se agolpaba una gran multitud compuesta por

bichos y ratas, que trataba de acercarse a la entrada. El alcalde estaba de pie en el último escalón, secándose el sudor de la frente.

Junto a él se encontraba el inspector Guano, y Sami también reconoció al reportero de *Noticias Viscosas*, que iba tomando notas en una libreta.

El alcalde agitó sus patas en el aire.

¡SILENCIO, POR FAVOR!

—Sé que muchos de ustedes están preocupados por los robos en Aguas Marrones, pero quiero hacer un llamamiento a la CALMA. Ahora, el inspector Guano tiene algo importante que anunciar.

El inspector, provisto de un megáfono, se dispuso a hablar.

«EJEM. CIUDADANOS DE PORQUERÍA DE LA CLOACA, COMO PUEDEN VER, HE VUELTO INMEDIATAMENTE DE MIS VACACIONES, TRAS CONOCER LA NOTICIA SOBRE LOS DESAFORTUNADOS ACONTECIMIENTOS DE AYER POR LA NOCHE. LES ASEGURO QUE YA HEMOS PUESTO EN MARCHA LA INVESTIGACIÓN.»

La multitud, nerviosa, prorrumpió en murmullos.

¿Es verdad que han sido piratas?

¿Qué sucederá si atacan de nuevo?

—No puedo revelar todos los detalles de la investigación —dijo Guano—. No obstante, sí que puedo decirles que el crimen fue cometido por piratas. Lo sabemos porque dejaron una nota. Sirviéndome de mis afinados conocimientos de detective, he logrado reducir el número de sospechosos a dos. Ahora, lo único que hay que hacer es encontrarlos.

«¿Tan pronto?», pensó Sami. ¡Ni siquiera el Detective Araña era capaz de resolver un crimen tan rápido!

El inspector Guano enseñó a la multitud un cartel de «Se busca».

SE BUSCA
POR ROBO

A ESTOS PIRATAS

CAPITÁN RATAS

CUCA

Si los ve, no se acerque
a ellos. Avise de inmediato
al inspector Guano.

POLICÍA MUNICIPAL DE PORQUERÍA DE LA CLOACA

Nadie daba crédito a lo que estaba viendo.

«¿El Capitán Ratas y Cuca?», pensó Sami, horrorizado. ¡Ellos no eran ladrones, y mucho menos piratas!

—¡Un momento! —exclamó Sami, abriéndose paso hasta el frente—. ¿Qué pruebas tiene contra ellos, inspector Guano?

El inspector levantó la vista de su libreta.

—Ah, Sami Superpestes, ¿no? Bueno, me alegra que me lo preguntes. Primero, sabemos que el crimen fue cometido por piratas; el Capitán Ratas va vestido como un pirata y su ayudante tiene una pata de palo. Segundo, sabemos que a los sospechosos les encanta buscar tesoros. Tercero, esos dos bribones escurridizos disponen de un barco, y todo el mundo sabe que los piratas van en barco. Por último —concluyó el inspector Guano—, han desaparecido.

Se oyeron murmullos de desaprobación entre el gentío.

Sin embargo, Sami no pensaba tirar la toalla.

—El Capitán Ratas no es ni escurridizo ni un bribón, inspector —dijo—. ¡Es un héroe! ¿No es verdad, alcalde?

El alcalde parecía avergonzado.

—Tu tío Ratas es un buen amigo mío,

Sami, pero todos sabemos cuánto le gusta la aventura. Es evidente que, esta vez, ha ido demasiado lejos. Ya no podemos confiar en él.

Meneó la cabeza, apesadumbrado, y regresó al interior del ayuntamiento, cerrando la puerta con fuerza.

El inspector Guano miró a Sami con dureza.

—Conque el Capitán Ratas es tu tío, ¿eh? Bueno,

pues resulta que también es un criminal peligroso y buscado por la justicia. Espero que si sabes algo de él, nos informes al respecto de inmediato. Ahora, si me disculpas, tengo a dos sospechosos que atrapar —dijo, regresando a la comisaría.

—¿Inspector Guano? ¡Inspector Tonto, diría yo más bien! —soltó Sami cuando el otro estuvo lo bastante lejos.

Notó que alguien le tocaba el hombro. Era Olivia.

—No te preocupes, Sami —dijo ella, tratando de reconfortarlo—. Si tú dices que tu tío no es el culpable, yo te creo. Volvamos a donde estaba amarrado *El Viejo Tallarín* y veamos si alguien sabe qué ha sido de él.

Así, ambos anduvieron de vuelta por la orilla del río.

—¡Eh, mira! —exclamó Olivia de repen-

te—. Aquí debería estar el hogar que tiene Max Pulgoso para Palomas Abandonadas y Otras Plagas.

Olivia señaló una tubería destartalada y entonces sacó el reluciente folleto que Max Pulgoso le había autografiado cuando los había visitado en clase.

—Qué curioso. No se parece en nada a la imagen que sale aquí.

Frente a la entrada, picoteando algunas

Piscina / Gimnasio   PISTA DE ATERRI-ZAJE

HOGAR para PALOMAS ABANDONADAS y OTRAS PLAGAS

Nuestro equipo profesional

HOGAR PARA P.A.O.P.

PISCINA Y GIMNASIO

FUND...

FUNDAD... POR MA... PULG...

UN LUGAR APACIBLE CON PERSONAL CUALIFICADO. UN TECHO PARA LOS SIN TECHO

migajas, había una paloma muy sucia y con aspecto de no tener adónde ir.

Olivia se acercó a ella.

—Hola, me llamo Olivia —se presentó—, y este es Sami. Estamos llevando a cabo una investigación muy importante para ver si encontramos a mi hormiga centinela, que ha sido secuestrada, al tío de Sami y a su ayudante cucaracha. ¿Te importaría responder algunas preguntas?

La paloma echó un vistazo a su alrededor,

como si le sorprendiera que alguien quisiera hablar con ella.

—Me llamo Robi, para servirle. Supongo que podría contestar algunas preguntas; no tengo otra cosa que hacer ahora mismo, la verdad... —dijo, volviendo la vista con tristeza hacia la tubería que tenía detrás.

—Pero seguro que debe de ser estupendo vivir aquí, ¿no? —preguntó Olivia.

—Seguramente... Si pudiera entrar. He llamado varias veces a la puerta, pero aquí

no hay nadie —respondió Robi, apesadumbrado—. Puede que todavía no hayan abierto.

—Qué raro, ¿no te parece, Sami? —dijo Olivia. Él asintió. Realmente era algo muy extraño.

—Robi, ¿sabes por casualidad qué ha sido del *Viejo Tallarín*? Suele estar amarrado aquí.

—Bueno, anoche vi algo —admitió Robi.

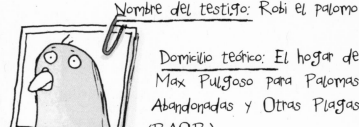

Nombre del testigo: Robi el palomo

Domicilio teórico: El hogar de Max Pulgoso para Palomas Abandonadas y Otras Plagas (P.A.O.P.)

Domicilio real: No tiene

Testimonio: «Era de noche y estaba oscuro, así que no pude ver demasiado, pero oí muchos gritos provenientes del Viejo Tallarín. Pensé que el Capitán Ratas y Cuca estarían preparándose para otra de sus aventuras, pero entonces oí que el motor se ponía en marcha. El barco zarpó y empezó a dar tumbos de un lado a otro, hasta que lo perdí de vista.»

—Esto no tiene buena pinta —le dijo Sami a Olivia después de apuntar la declaración de Robi—. ¡El Capitán y Cuca son unos excelentes marineros!

Robi bostezó.

—Y no he vuelto a verlos por aquí —concluyó.

Sami enrolló su libreta.

—Bueno, gracias por tu ayuda, Robi. En cuanto hayamos resuelto este misterio y nuestros amigos estén de vuelta, te ayudaremos a encontrar otro lugar donde vivir —aseguró.

—Eso sería estupendo —dijo Robi, que parecía ilusionado con la idea.

Sami y Olivia se dispusieron a marcharse.

—Ah, me olvidaba de algo —añadió Robi—. ¿Veis esa botella? Alguien la lanzó desde el barco.

Robi levantó un ala y señaló una botella que flotaba frente al muelle, en el agua inmunda.

Capítulo 5
Mucha botella

—¡Un poco más a la izquierda! ¡Un poco más a la derecha! —dijo Olivia, tratando de ayudar a Sami, que, asomado por el borde del embarcadero, intentaba echar un lazo al cuello de la botella flotante.

—¡La tengo! —anunció él, tirando de ella.

La botella estaba hecha de vidrio verde, y
era casi tan grande como el propio Sami. Casi
de inmediato, Olivia y él advirtieron que había algo en su interior.

—¡Un mensaje en una botella, como en
los libros! —exclamó Olivia, entusiasmada,
dando saltitos.

—Pues debe de ser un mensaje bastante largo —comentó Sami—. ¡Cómo pesa!

Por fin, logró sacar del agua la botella, que aterrizó sobre el muelle. ¡CLONC! ¡PLOP! El corcho salió volando...

... dijo la botella.

Sami y Olivia se miraron boquiabiertos. ¿Era imaginación suya o la botella acababa de hablar?

Para su sorpresa, una cucaracha bizca y

algo mojada salió tambaleándose de la botella.

—¡Cuca! —exclamó Sami—. ¿Eres tú?

—¡Sami! Por todos mis pedos fétidos —logró mascullar Cuca, antes de desplomarse a los pies de los ratones.

—¡Ay, se ha desmayado! —dijo Olivia, rebuscando en el fondo de su mochila y sacando uno de los bocadillos de mermelada de Toni. Llevaba ahí tanto tiempo que estaba todo mohoso y tenía un tufo dulce y repugnante. Sin perder tiempo, lo movió bajo las antenas de Cuca.

Cuando la cucaracha volvió en sí, parecía más atontada que de costumbre.

—¡Cuca! ¿Qué hacías metida en una botella? —preguntó Sami.

—Soy un mensaje —contestó él—. ¡De tu tío!

—¿Del Capitán Ratas? —dijo Sami, atónito—. ¿Qué le ha sucedido?

A Cuca se le ensombreció el rostro.

—¡LO HAN SECUESTRADO! —gritó—. ¡Unos piratas horribles y malvados!

—Tranquilízate —rogó Olivia—, y cuéntanos exactamente qué ocurrió.

Cuca respiró hondo y se dispuso a relatar lo sucedido.

—El Capitán Ratas y yo estábamos metidos en nuestros asuntos, cuando aparecieron esos malditos piratas. Se llevaron *El Viejo Tallarín* y secuestraron al Capitán.

Por suerte, el Capitán reaccionó deprisa y me metió en esa botella. ¡Les oí decir que se dirigían a las Bananas!

«¡OH, NO! —pensó Sami—. ¡El Capitán está metido en un serio problema!»

En ese momento oyó una voz que le resultó familiar. Se volvió y vio al inspector Guano, que, lupa en mano, estaba examinando el sitio donde *El Viejo Tallarín* había estado atracado.

—¡Rápido, Olivia! —susurró Sami—. Cuca es uno de los principales sospechosos. ¡Tenemos que evitar que el inspector Guano lo detenga!

Sami los agarró a ambos y salió corriendo por una tubería adyacente.

—¡Por aquí! —indicó, metiéndose con ellos en una tienda que estaba a oscuras—. Por poco...

—¡Guau! —exclamó Cuca, encendiendo la luz—. ¡Una tienda de disfraces!

—Es la tienda de disfraces de Max Pulgoso —dijo Sami, reparando en el cartel que había en la pared.

—¿A quién le importa? —exclamó Olivia—. ¿Qué hacemos ahora?

—Bueno, sabemos que los piratas se dirigen a las Bananas a bordo del *Viejo Tallarín* —expuso Sami.

—Lo cual no es una buena noticia —se lamentó Olivia—. ¿Cómo vamos a ir a las Bananas si no tenemos un barco?

—¿Y el bote? —sugirió Cuca.

—¡Tardaríamos años en llegar remando hasta allí! —alegó Sami.

—Te equivocas —le dijo Cuca esbozando una sonrisa—. ¡El Capitán Ratas le puso un motor!

—Vale —respondió Sami, algo más animado—. Entonces, conocemos su paradero y cómo llegar hasta allí. ¿Qué más necesitamos para llevar a cabo una misión de rescate? —preguntó, sacando su libreta.

—¿Y si tomamos prestados unos disfraces? —sugirió Olivia.

Misión: Rescatar al Capitán Ratas y a Toni, recuperar lo robado y capturar a los piratas.

Lugar: Las Bananas

Hora: 17:00h

Equipamiento de detective aventurero:

Cámara

Sacos de dormir

Trajes isotérmicos

Abrigo

Prismáticos

Lupa

Gafas y tubo de buceo

Linterna

Rollo de papel higiénico

← Disfraces

Queso apestoso

Galletas de chocolate viejas ↑

Cerillas

Cómics

—Sí —contestó Sami—. Un verdadero detective siempre necesita un disfraz. Por suerte, ¡hemos ido a parar a una tienda de disfraces!

Capítulo 6
Rumbo a las Bananas

—¿De veras vamos a ir en ESO?

Olivia contempló el bote horrorizada. No era más que media botella de plástico llena de parches.

—Tampoco es mi bote favorito —admitió Sami—, pero por lo menos ahora tiene motor.

—¿Cómo funciona? —quiso saber Olivia.

—Eh... —Sami parecía un poco inseguro—. Supongo que hay que tirar de aquí —dijo, tirando de la cuerda del motor.

¡BRRRRUUUUMMMM!

El bote se puso en marcha.

—¡GUAU! —exclamó Sami, agarrando el timón.

—¡PENSABA QUE TENÍAMOS QUE SALIR SIN ARMAR JALEO! —gritó Olivia por encima del rugido del motor.

—¡DEMASIADO TARDE! —contestó Sami a los alaridos.

El bote salió disparado del muelle, en dirección al río Viscoso. Porquería de la Cloaca y Robi el palomo no tardaron en desaparecer de su vista.

Olivia encendió la linterna, mientras Sami manejaba la embarcación y esquivaba las apestosas cacas que flotaban por todas partes.

El viaje duró casi toda la noche. Después de un rato, Sami cedió el mando del bote a Cuca, y Olivia y él pudieron dormir algunas horas.

Cuando despertaron, ya casi habían llegado. Sami divisó la silueta

de las Bananas, una vieja caja de plátanos cubierta de arena, que flotaba en medio del río Viscoso.

—Escondámonos detrás de eso —dijo Olivia, señalando una lata de limonada oxidada y medio sumergida. La basura de los humanos siempre conseguía llegar a las cloacas.

Cuca apagó el motor, remó un poco y echó el ancla.

Sami cogió los prismáticos de su equipamiento para detectives y aventureros y enfocó la isla. Luego tomó algunas fotografías y las guardó en su cuaderno, añadiendo etiquetas con cuidado.

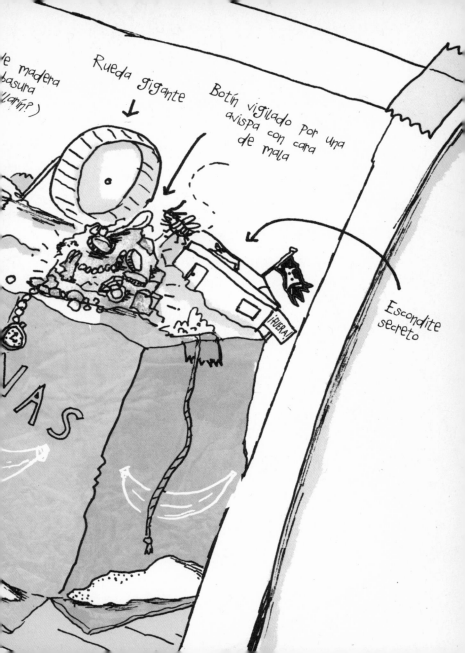

«Me parece que ya he visto a esa avispa en otra parte», pensó Sami.

—¿Qué es esa rueda enorme? —preguntó Olivia.

Cuca echó un vistazo.

—Ah, debe de ser una de esas ruedas que los humanos meten en las jaulas de los ratones que tienen como mascotas. ¡Para hacer ejercicio! ¡Ja ja!

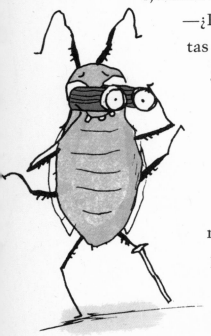

—¿Para qué querrán los piratas tener una de esas? —preguntó Olivia.

«Buena pregunta», pensó Sami. Efectivamente, era algo MUY curioso.

—Mirad —murmuró—. ¡Ahí vienen los piratas!

Capitán Ratas, atado

Toni

—¡Benditas cloacas! ¡El tío Ratas está bien! —dijo Sami.

—¡Y ahí está Toni! —exclamó Olivia, que no pudo evitar chillar de alegría.

Toni también tenía buen aspecto; de hecho, muy buen aspecto.

«Parece más gordo —pensó Sami—. Está claro que alguien lo ha estado alimentando bien.»

Sami se volvió hacia Olivia y Cuca.

—Ha llegado el momento de poner en marcha la primera fase del plan —anunció—. Pero tendremos que esperar a que se haga de noche. Bueno, Cuca, ¿dónde están las galletas de chocolate?

Al caer la noche, Sami, Olivia y Cuca fueron buceando hasta la orilla y, muy sigilosamente, treparon hasta la superficie de la isla. Una vez arriba, reptaron (o mejor dicho, chapotearon) por las dunas hasta que llegaron a

un claro donde vieron a los piratas, que estaban sentados alrededor de una hoguera.

Rápidamente se escondieron tras una palmera. Sami levantó una pata para indicar que mantuvieran silencio.

—¡Están hablando! —susurró.

Se puso un tubo de papel higiénico en la oreja y trató de oír lo que decían los piratas.

—¡Dinos de una vez dónde tienes ese famoso grifo dorado tuyo! —exigía el pirata

que parecía estar al mando. Tenía barba y un parche en el ojo, y a Sami le resultaba familiar.

—¡Nunca! —respondió el Capitán Ratas a voz en cuello—. Y además —prosiguió—, ¿sabéis que sois los peores piratas que me he encontrado jamás en todos mis viajes por las cloacas? Para empezar, sois demasiado limpios. Y ¿qué es esa obsesión por manteneros en forma usando esa ridícula rueda? A la mayoría de los piratas les trae sin cuidado su aspecto...

—¡BASTA! —gritó el jefe de los piratas, haciéndole una señal a la avispa, que aguardaba cerca—. Vigílalo bien, y si dice algo sobre dónde está ese grifo, avísame de inmediato.

El pirata soltó una risa malévola y se frotó las patas.

¡Aaah...! ¡Me encanta ser malo!

«Mmm...», pensó Sami. Esa voz le resultaba MUY familiar.

—Vale —les dijo en voz baja a Olivia y a Cuca—, ha llegado la hora de la segunda fase del plan. Cuca, vuelve al bote y monta guardia. Olivia y yo acamparemos aquí hasta mañana, y entonces... —Se puso un cinturón ancho y un parche en un ojo, y le pasó a Olivia un pañuelo para la cabeza y un par de botas—. ¡Vamos a hacernos pasar por ASESORES DE PIRATAS!

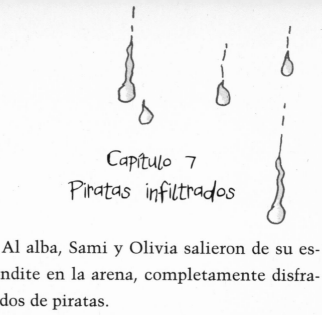

Capítulo 7
Piratas infiltrados

Al alba, Sami y Olivia salieron de su escondite en la arena, completamente disfrazados de piratas.

Apenas habían dado dos pasos cuando una voz los sorprendió.

—¡Vaya, vaya! ¡Zzz! ¿Qué tenemozzz aquí?

Era la avispa.

—¡MARCHAOZZZ INMEDIATAMENTE! —ordenó, frunciendo el ceño—. Ezzzte no ezzz lugar para ratoncitozzz —dijo, volando hasta Sami y poniéndose a zumbar de manera amenazadora.

—Ya me ocupo yo —murmuró Olivia—. Perdóneme, señor...

La avispa se volvió hacia ella.

—Picadurazzz; aunque ezzzo no ezzz azzzunto tuyo.

Olivia prosiguió.

—Señor Picaduras, somos reconocidos e IMPORTANTES asesores de piratas —aseguró, pasándole a la avispa una tarjeta de visita hecha a mano—. Yo misma tengo varias semanas de experiencia entrenando a animales piratas y encontrando y manteniendo valiosos tesoros. Mi socio, aquí presente, es experto en técnicas de caminar

¡SOMOS ASESORES DE PIRATAS!

ESPECIALISTAS EN:

- Entrenar a mascotas piratas
- Encontrar tesoros escondidos
- Técnicas de caminar por la tabla
- Asesoramiento en moda pirata

por la tabla, y en ropa y accesorios para piratas.

Sami sonrió. ¡Olivia lo estaba haciendo de maravilla!

—Nos han informado de que había piratas en la zona, y al verlos a ustedes... Bueno, hemos pensado que podrían necesitar nuestros servicios.

Picaduras los miró con suspicacia.

—¿Qué ozzz hazzze penzzzar que nezzze-zzzitamozzz vuezzztra ayuda?

—Bueno —respondió Olivia sonriente—, todo el mundo necesita ayuda a veces.

La avispa titubeó, así que Sami decidió intervenir.

—Mire, señor Picaduras, sabemos que a sus amigos piratas no les haría ninguna gra-

cia enterarse de que nos ha echado sin presentárnoslos primero. Seguro que preferirían conocernos antes.

Picaduras reflexionó un instante y puso los ojos en blanco.

—NO OZZZ MOVÁIZZZ DE AQUÍ —ordenó, antes de salir volando.

Olivia y Sami suspiraron aliviados, pero antes de que pudieran decir nada, la avispa estaba de vuelta.

—El jefe quiere conocerozzz, pero ya le he avisado de que no me fío un pelo de vozzzotrozzz —zumbó con arrogancia—. Zzzeguidme.

Dentro del refugio de los piratas estaba oscuro, y en cuanto se acostumbró a la penumbra, Sami vio que el lugar estaba repleto de tapones de botella. En un rincón, algunos piratas jugaban a las chapas con ellos.

—¡Son los tapones de mi padre! —susurró Olivia, indignada.

—Ah, aquí están nuestros pequeños intrusos —dijo el jefe, estirado en una hamaca y comiendo de un tapón lleno de guisantes secos.

«¡Otra vez guisantes secos!», pensó Sami.

—Soy el Capitán Barbapulgosa, el pirata más temido de las Siete Cloacas. —El corsario se atusó el bigote, se rascó la nariz y se ajustó el parche del ojo, que tenía aspecto de ser nuevo—. Me han dicho que sois asesores de piratas —dijo enarcando una ceja.

—Efectivamente. Yo soy Olivia la Asombrosa, y este es Sami Calzones Podridos, mi socio —contestó Olivia sin inmutarse. Sami frunció el entrecejo. Esos no eran los nombres que habían acordado.

Olivia continuó:

—Y estaríamos encantados de ofrecerles nuestros servicios de adiestramiento de mascotas, moda pirata y, por supuesto, de cómo obtener y mantener botines.

El Capitán Barbapulgosa se incorporó.

—Botines, ¿eh? —repitió, a la vez que una sonrisa avariciosa se dibujaba en su rostro—. Interesante...

No nos vendrían mal algunas patas más

—No nos vendrían mal algunas patas más —comentó un pirata malcarado que jugaba a las chapas. Lanzó otro tapón por la estancia y a Olivia casi le dolió.

—Nuestro próximo saqueo va a ser GRANDE —dijo otro pirata, bajito.

—Siempre podemos tirarlos a los tiburones de la cloaca si nos están tomando el pelo —añadió el pirata alto.

—¡Por las barbas de Neptuno! —dijo un pirata al que le faltaba una oreja.

Sami tragó saliva, pero entonces recordó que en la cloaca no había tiburones, y pensó que el pirata solo quería asustarlos.

—¡De acuerdo! —dijo el Capitán Barbapulgosa—. Podéis quedaros en periodo de pruebas, pero si la fastidiáis...

El Capitán se inclinó de modo amenazador sobre ellos, y Sami percibió el repugnante olor de una colonia que le resultó familiar.

—Somos los mejores —se apresuró a asegurar.

Usted no se preocupe.

Barbapulgosa parecía satisfecho.

—Por supuesto, nuestro plan es tan secreto que no podemos deciros dónde va a tener lugar nuestro próximo saqueo. Pero sí que puedo deciros que va a ser mañana, ¡y que queda un arduo trabajo por hacer! —El Capitán hizo una pausa y soltó una carcajada—. ¡Me encaaanta ser malo!

Sami y Olivia se miraron mutuamente. Habían conseguido infiltrarse en la banda de piratas, pero... ¿cómo iban a hacer para desbaratar sus planes? Ni siquiera sabían dónde tenía planeado el Capitán Barbapulgosa llevar a cabo su incursión.

Tenían que hablar con el Capitán Ratas.

Sami y Olivia se fijaron en Ratas, que estaba medio dormido. Se habían ofrecido a interrogar al prisionero para tratar de sonsacarle dónde escondía el grifo de oro, y Barbapulgosa había accedido encantado. Sin embargo, Picaduras, desconfiado, no dejaba de

dar vueltas encima de ellos, así que debían tener cuidado.

—¡Despierta, roedor insolente! —exclamó Sami.

El Capitán Ratas se despertó.

Sami insistió.

—¡DESPIERTA! ¡Ar! ¡Soy Sami Calzones Podridos, y estoy aquí para interrogarte!

—¿Cómo? ¿Qué? —dijo Ratas, frotándose los ojos, soñolientos, sin poder esconder su confusión al ver a su sobrino favorito delante de él, vestido de manera curiosa.

—¡YIP! ¡YIP! ¡YIP!

Toni también se había despertado, y se puso a saltar sobre Olivia y a darle lengüetazos en la cara, exultante.

—Eh... Es que se me dan muy bien las mascotas —le explicó a Picaduras.

La avispa la miró con recelo, pero entonces, para alivio de Olivia y Sami, el Capitán Barbapulgosa la llamó.

—¡Picaduras! Acércate y tráeme un poco de agua mineral con gas. Quiero decir... de *grog*.

Picaduras dirigió una última y suspicaz mirada a los dos ratones y se marchó.

—¡Sami! ¿Qué demonios pasa? —susurró el Capitán Ratas—. ¿Dónde está Cuca?

En voz baja, Sami le contó lo que había pasado en Porquería de la Cloaca, que él y Cuca eran los principales sospechosos, y cómo habían venido con Olivia a las Bananas de incógnito para tratar de rescatarlos.

—Pero acabamos de descubrir que los piratas tienen planeado un gran saqueo para mañana, y no sabemos cómo detenerlos. Estamos atrapados en la isla y no tenemos manera de avisar al inspector Guano y al alcalde —concluyó Sami.

—¡No habéis perdido el tiempo! —dijo Ratas, entusiasmado—. Estoy seguro de que se os ocurrirá algo. Y no os olvidéis de Cuca; nunca me ha decepcionado.

El tío Ratas sonrió de manera tranquilizadora, y Sami le cedió su desayuno de guisantes secos —e intacto— a Toni, que se lo zampó en un abrir y cerrar de ojos.

Sami hizo ademán de decir algo más, pero justo entonces Picaduras regresó.

—¡Zzz! ¿Habéis podido sonsacarle algo?

Sami volvió a poner su voz de pirata.

—Esta es su ÚLTIMA OPORTUNIDAD, Capitán Ratas. Dígame dónde tiene ese grifo de oro, o... ¡O ya verá!

—¡Aaay! —se lamentó Ratas, fingiendo estar asustado—. ¡No diré una palabra! —Y con un leve susurro añadió—: Buen trabajo, Sami.

Capítulo 8
Un pergamino secreto

El Capitán Barbapulgosa tuvo a Olivia y a Sami ocupados el resto del día. A ella le encargó que enseñara a Toni a olfatear oro, y a él que les mostrara a los piratas cómo batirse en duelo con bananas.

Cuando los piratas pararon para el almuerzo (más guisantes secos), Sami anotó algunas pistas en su libreta.

—Sami Calzones Podridos, ven aquí —lo llamó Barbapulgosa.

Sami tragó saliva. ¿Habrían sido descubiertos? ¿Había llegado el momento de salir corriendo?

—¿Crees que debería ponerme esta ropa para el saqueo de mañana? —preguntó el pirata, señalando su par de pantalones nuevos. Sami no pudo evitar reír con disimulo.

—¿No están demasiado... bien plancha-

135

dos, para un pirata? De hecho, si no le importa, permita que le diga que está usted demasiado elegante.

—Sencillamente, soy un pirata con buen gusto —respondió Barbapulgosa—. Pero entiendo a qué te refieres.

Sami se pasó la tarde convirtiendo una bonita chaqueta en un andrajoso chaleco de pirata y rasgando los pantalones del Capitán. Entonces, cuando se dispuso a colgarlos de nuevo en su percha, notó algo en el bolsillo trasero.

¡Un pergamino!

Sami echó un vistazo a su alrededor. Olivia y los piratas ya estaban profundamente dormidos en sus hamacas, aunque pudo

advertir la silueta de Picaduras, que revole-
teaba fuera.

Con cuidado, Sami sacó el pergamino del
bolsillo del pantalón y lo desenrolló.

Sin perder tiempo, se acercó de puntillas

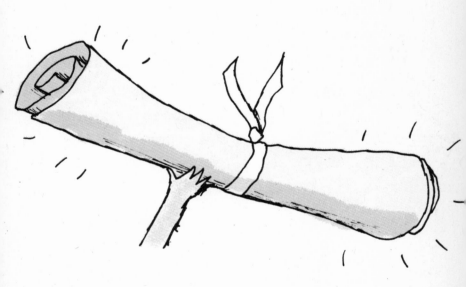

a Olivia, la despertó y le enseñó lo que acababa de descubrir.

—¡Oh, no! —murmuró ella, horrorizada—. ¡No tenemos modo de hacerle saber al inspector Guano lo que está pasando!

Sami escrutó el mapa con su lupa.

—Tengo una idea —dijo.

Cogió su goma de borrar, eliminó la cruz y a continuación puso otra en otro sitio.

—¿Qué haces? —preguntó Olivia.

Sami sonrió.

—Acabo de cambiar el lugar del asalto... a la comisaría.

Al día siguiente, al anochecer, los piratas se dispusieron a partir hacia su objetivo.

—Picaduras, quédate aquí y vigila a los prisioneros y el tesoro —ordenó Barbapulgosa—. Los demás, prepa-raos para... ¿Cómo se dice? ¡Soltar amarras!

«Así que el tío Ra-tas no viene con no-sotros», pensó Sa-mi. Eso que-ría decir que Olivia y él tendrían que en-frentarse a los pira-tas solos.

—¡Esperad! —excla-mó ella, que salió corrien-do y cogió a Toni—. He entrenado a esta hormiga para, eh... olfatear oro. ¡Nos será muy útil!

—Muy bien —dijo el Capitán Barbapulgosa—. Y ahora, ¡en marcha!

se pusieron a cantar los piratas, para luego bromear y fanfarronear sobre lo ricos que iban a ser.

Sami no pudo evitar sentirse fatal al ver

alejarse al Capitán Ratas y las Bananas. Estiró el cuello para ver si podía divisar a Cuca, el bote y la lata de limonada oxidada, pero ya era demasiado tarde. No había manera de alertar a Cuca. Ya estaban en camino.

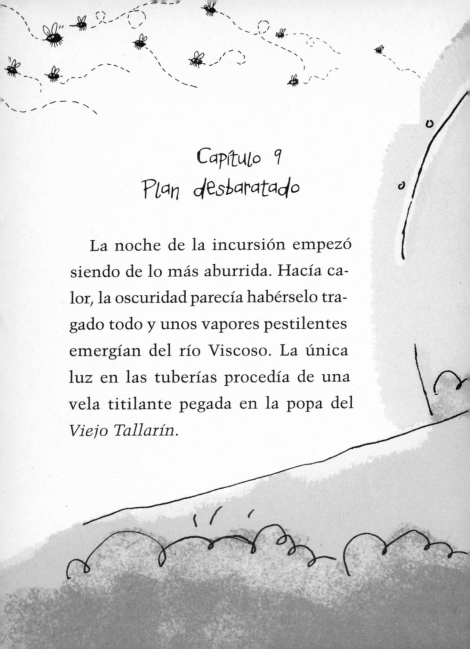

Capítulo 9
Plan desbaratado

La noche de la incursión empezó siendo de lo más aburrida. Hacía calor, la oscuridad parecía habérselo tragado todo y unos vapores pestilentes emergían del río Viscoso. La única luz en las tuberías procedía de una vela titilante pegada en la popa del *Viejo Tallarín*.

Tras largas horas navegando, el barco por fin se encontraba delante del puerto de Porquería de la Cloaca. Las luces de los hogares de las tuberías se reflejaban en el agua, y Sami tuvo ganas de poder gritar a todo pulmón para alertar a la gente, pero ni siquiera Olivia, con lo parlanchina que era, podía subir tanto la voz.

Los piratas estaban en el camarote, llevando a cabo una reunión secreta. A Sami y a Olivia les habían ordenado que se quedaran fuera, vigilando.

Sami se asomó con cuidado por el ojo de buey. Los piratas estaban mirando el mapa de la ciudad con la ayuda de una linterna. Sami confió en que no hubieran reparado en los cambios que él le había hecho al mapa.

—¡Ar! ¡Ya estoy impaciente! —dijo el pirata más alto, frotándose las patas con regocijo.

—¡Y yo! —coincidió el bajito.

—¡Va a ser maaaravilloso! —aseguró el pirata malhumorado.

—¡Por las barbas de Neptuno! —añadió la rata de una sola oreja.

—¡Creo que se lo han tragado! —dijo Sami, levantando el pulgar y arrimándose más para poder oír lo que estaban diciendo.

Una sonrisa maquiavélica se dibujó en el rostro de Barbapulgosa.

—Lo mejor, por supuesto, es lo que sucederá después del saqueo —dijo.

Sami aguzó el oído.

—Una vez que estemos de vuelta en las Bananas, tomaremos el resto de nuestro tesoro y dejaremos un billete falso que culpe al Capitán Ratas de todos nuestros crímenes. —Barbapulgosa soltó una carcajada maléfica—. Ese IDIOTA del inspector Guano piensa que el primer saqueo fue obra de Ratas, así que será fácil terminar de convencerlo —dijo, sacudiendo el billete—. Ahora, hemos de seguir las indicaciones —prosiguió—. Salimos del puerto y vamos a la izquierda, luego torcemos por la calle Pringada, seguimos hacia arriba por la avenida de la Tubería Oxidada y, entonces... ¡Un momento! ¡Aquí no es donde está el ayuntamiento! ¡Alguien ha modificado el mapa!

«¡Oh, no! —pensó Sami—. ¡Barbapulgosa se ha dado cuenta!»

—¿Qué vamos a hacer ahora? —le preguntó a Olivia—. No tardará en darse cuenta de que he sido yo. ¡Y ya no hay modo de avisar al inspector Guano!

Olivia pensó deprisa.

—¡Ya lo tengo! Podemos enviarles un mensaje de alerta al inspector y al alcalde. ¡Solo necesitamos una mosca cartera!

Era su única esperanza, y no tenían un segundo que perder. Sami sabía que para atraer a las moscas hacía falta algo realmente apestoso.

—¡Ya lo tengo! —exclamó—. ¡El queso de mi equipo de detective aventurero!

Se taparon la nariz y fueron corriendo hasta un lado del barco. Ataron el taco de gorgonzola al extremo de una fregona y Olivia lo sacó por el borde, para que la brisa se llevara el olor.

Rápidamente, Sami escribió una nota:

Queridos alcalde e inspector Guano:

AVISO URGENTE:
Esta noche saquearán el ayuntamiento.
¡PREPÁRENSE!
Sami Superpestes y Olivia Tubería de Cobre.

PD: ¡El Capitán Ratas y Cuca son inocentes!

Selló la carta con un poco de queso y al cabo de un instante oyó un batir de alas. Su queso había despertado bastante interés.

De repente, todo se llenó de moscas. Entre ellas, Sami reparó en una que iba montada en una diminuta bicicleta roja.

—¡Cartero, por favor! —la llamó, agitando la carta para atraer su atención. La mosca parecía un poco extrañada de aceptar un envío tan tarde, pero hizo aterrizar su bicicleta en el borde del ojo de buey.

Sami estaba sujetando la carta a la parte trasera de la bicicleta, cuando...

—¡Bueno, bueno, bueno! ¿Qué tenemos aquí? —preguntó alguien en voz alta.

Sami y Olivia se volvieron y vieron a Barbapulgosa, que se cernía sobre ellos con una malévola sonrisa.

—Conque enviando cartas, ¿eh? Supongo que no os importará que le eche un vistazo, ¿no?

El pirata atrapó a la mosca cartera y soltó la carta de su bicicleta.

—¡Justo lo que imaginaba! ¡Traidores! ¿De veras creíais que no me daría cuenta de

que habéis modificado el mapa? ¡Ja! Hace falta algo más que dos ratoncillos entrometidos para engañar al Capitán Barbapulgosa.

De repente, Sami y Olivia estaban rodeados de piratas. En cuestión de segundos, se encontraron con las patas atadas a la espalda.

—Debería haber escuchado a Picaduras. ¡Sois unos impostores, unos gusanos mentirosos! —gritó Barbapulgosa, furioso—. Ahora, dejadme que piense en algún castigo real-

mente terrible, como, por ejemplo... eh... eh...

—¡No nos haga caminar por la tabla, se lo suplico! —rogó Olivia, sollozando.

—¡Eso es! ¡Caminaréis por la tabla! A fin de cuentas, me asegurasteis que erais expertos en ello —dijo Barbapulgosa—. En marcha. ¡No veo la hora de quitarme este RIDÍCULO DISFRAZ!

—¡Lo sabía! —exclamó Sami—. ¡Sabía que no erais auténticos piratas! De hecho, creo que sé exactamente quiénes sois.

—¡Pues ya es demasiado tarde, mocoso! —contestó Barbapulgosa con expresión burlona, antes de empujar a Sami y a Olivia hacia la tabla—. ¿Por qué no se lo contáis a las cacas del río Viscoso?

—¡Socorro! ¡Ayuda! —chilló Olivia, mientras la tabla, inestable, crujía bajo sus patas.

Entonces reparó en Toni, que estaba mordis-
queando el pedazo de gorgonzola mohoso.

Sin embargo, ya era demasiado tarde. La
tabla se quebró y Sami y Olivia cayeron al
río.

Capítulo 10
¡Por la borda!

¡CHOF!

Sami y Olivia cayeron al agua helada. Como tenían las patas delanteras atadas, solo podían mover las traseras y la cola para mantenerse a flote.

—Tenemos... que... tratar... de... nadar —dijo Olivia, resollando.

Era en vano. Lo único que consiguieron fue mantener la cabeza por encima del agua.

—¡SOCORRO! —gritó Sami—. ¡SOCOOORRO!

Mientras tanto, *El Viejo Tallarín* seguía su marcha, con los piratas entusiasmados.

—Nos vamos a ahogar —se lamentó Olivia.

En ese preciso instante... ¡FIÚ!
Un pájaro pasó lan-
zado sobre sus cabe-
zas. ¡Era Robi el palo-
mo!

Con unos pocos picotazos, Robi los liberó
de las ataduras y se los subió
al lomo. Sami y Olivia se
aferraron a sus plumas y
Robi salió volando.

—¡Robi! ¡Nos has

salvado! ¿Cómo has sabido que estábamos aquí?

—Estaba durmiendo, soñando con una deliciosa empanadilla. Hace años que no pruebo una —dijo Robi con un suspiro—. De repente oí un chillido, y pensé que debía investigar de dónde venía.

—¡Gracias! —dijo Sami—. Tenemos que darnos prisa. Esta noche van a saquear el ayuntamiento. ¡Tenemos que alertar a la población! ¿Puedes llevarnos?

—Bueno, supongo que sí. No tengo nada mejor que hacer —respondió Robi, que describió un círculo y pasó volando por encima de Porquería de la Cloaca, en dirección al techo del ayuntamiento.

—¡Preparaos para aterrizar! —advirtió, cayendo en picado.

chilló Olivia.

—Vamos a...
¡PAF!

—Tengo que practicar mis aterrizajes —reconoció Robi, avergonzado—. Creo que no volaré durante un rato.

—No te preocupes, Robi —dijo Sami, algo aturdido.

Se asomó por el borde del techo y, para su espanto, vio que Barbapulgosa salía corriendo por el portón del ayuntamiento cargando con un gran cuadro con marco dorado y un saco lleno de objetos valiosos.

Miró a su alrededor con urgencia y vio dos altavoces que el alcalde usaba para hacer sus anuncios.

«¡ESTE ES UN MENSAJE URGENTE PARA EL ALCALDE Y EL INSPECTOR GUANO! ¡LOS PIRATAS HAN SAQUEADO EL AYUNTAMIENTO! ¡DESPERTAD, CIUDADANOS! ¡SE DIRIGEN AL PUERTO!»

La voz de Sami resonó por las tuberías a lo largo y ancho de la ciudad, haciendo vibrar las ventanas.

—¡Guau! ¡Menudo volumen! —dijo Olivia, tapándose las orejas.

Poco a poco, fueron encendiéndose luces y más luces en las tuberías. Las ratas y los bichos se asomaban por ventanas y puertas, y salían al exterior en pijama. Los piratas también habían oído a Sami, y vio que salían corriendo de vuelta hacia el puerto. Por suerte, el inspector Guano ya se había puesto en marcha.

—¿Dónde está el alcalde? —preguntó Olivia—. ¡Los piratas deben de haberlo secuestrado!

Sami, Olivia y Robi bajaron rápidamente por la escalera que llevaba al techo, y oyeron un quejido proveniente de los aposentos del alcalde.

—Debe de estar herido —conjeturó Sami.

Los tres se pusieron a golpear la puerta con fuerza.

—¡Alcalde, somos Sami y Olivia! ¡Hemos venido a salvarle!

Se oyó un resoplido y un golpe seco.

—¡Los piratas deben de haberlo atado! —exclamó Olivia—. Tiremos la puerta abajo. Uno, dos...

En ese momento, la puerta se abrió y apareció el alcalde vestido con un albornoz y

unas pantuflas peludas, y con aspecto de estar de mal humor.

—¿Qué diantre está pasando aquí? —preguntó de malas maneras—. ¿Por qué me habéis despertado?

Olivia y Sami no podían creerlo. ¡El alcalde no se había enterado de nada!

—¡Los piratas acaban de robar en el ayuntamiento! —contestó ella a los gritos.

—¡Tonterías! —le replicó el alcalde—. De ser así, es evidente que ya me habría dado cuenta.

Entonces, el alcalde miró a su alrededor y comprobó horrorizado que la valiosa colección de arte que decoraba las paredes de su hogar había desaparecido.

—¡Síganos, rápido! —dijo Sami, que salió corriendo hacia el puerto junto a Olivia y Robi. El alcalde tuvo que hacer un gran esfuerzo para no quedarse atrás, y resolló durante todo el camino.

Llegaron justo cuando *El Viejo Tallarín* estaba zarpando. La mitad de los habitantes de la ciudad se encontraba en el muelle, contemplando impotentes cómo los piratas se alejaban.

El inspector Guano saltaba furioso de una pierna a la otra.

—¡AAARGH! —gruñó.

—¿Qué ha pasado? —preguntó Sami.

—¡Esos malandrines han soltado los demás botes del muelle para que no podamos perseguirlos!

—¡Hay que evitar que huyan! —le dijo Sami a Olivia—. Todavía tienen a Toni.

—Hemos fracasado —gimoteó ella.

El alcalde vio con la boca abierta cómo el barco se alejaba con sus pertenencias a bordo.

Sami se llevó las patas a la cabeza. Después de todo lo que habían hecho, el Capitán Barbapulgosa se había salido con la suya.

—Un momento —dijo Olivia, oteando el horizonte—. Algo se acerca.

Sami levantó la vista. Al principio no pudo ver nada, pero tras unos instantes se dio cuenta de que su amiga estaba en lo cierto. Una silueta oscura surcaba el río en dirección a la ciudad. Sami advirtió una luz centelleante. ¿Era posible que...?

—¡ES EL CAPITÁN RATAS! —gritó en cuanto distinguió el bote, que se acercaba velozmente al *Viejo Tallarín*. Cuca estaba a su lado, sosteniendo una cerilla encendida para iluminar el camino. Sami también reconoció a Picaduras, que, para su desgracia, había sido enjaulado.

La multitud del puerto contempló maravillada cómo Ratas echaba el lazo al desatascador del barco...

tiraba de él hacia abajo... y lo fijaba al fondo de la tubería.

CREAK!

SCHLURP!

Los piratas maldijeron y trataron de liberarse, pero ya era demasiado tarde. ¡Estaban definitivamente atascados!

—¡Hurra! —exclamaron Sami y Olivia, aplaudiendo junto a los demás. El Capitán Ratas había vencido al estilo de los mejores espadachines.

Capítulo 11
El gran momento de Sami

Ya amanecía en Porquería de la Cloaca, y el bullicio era considerable. Todos los habitantes estaban despiertos y se iban reuniendo en el puerto para ver a aquellos infames piratas.

El inspector Guano había arrestado a toda la banda, y Picaduras había sido entregado, no sin repartir insultos a diestro y siniestro. El inspector se disculpó ante el Capitán Ratas, al que no le sentó demasiado bien enterarse de que Cuca y él habían sido los principales sospechosos. De todos modos, estaba demasiado ocupado firmando autógrafos para preocuparse.

El inspector Guano puso en fila a los piratas y se dispuso a llevarlos a la comisaría.

—Estáis todos detenidos por robo y saqueo —dijo con suficiencia.

—¡Un momento! —exclamó el alcalde—. Aquí debería haber seis piratas, y yo solo veo cinco.

Estaba en lo cierto; eran cinco contando a Picaduras. El Capitán Barbapulgosa había desaparecido.

—¡Den la alarma! —gritó el inspector Guano—. ¡Tenemos un FUGITIVO! ¡Que todo el mundo se quede donde está!

—¿Un fugitivo? —preguntó una voz con preocupación justo detrás de Sami. Se trataba de Max Pulgoso, que lucía tan apuesto como siempre—. ¡Qué desagradable sorpresa, ins-

pector Guano! Me ausento unos días para asistir a un evento caritativo y el desastre se cierne sobre la ciudad.

El inspector estaba rojo de ira.

—Le aseguro, señor Pulgoso, que no puede haber ido muy lejos —dijo, mirando entre la multitud desesperadamente.

—¡Efectivamente! —soltó Sami, volvién-

dose hacia Max Pulgoso—. De hecho, ¡lo tenemos aquí delante!

La gente se quedó pasmada.

—¿A qué te refieres, Sami? —preguntó,
nervioso, el inspector Guano.

—Sí, ¿a qué te refieres? —repitió Max Pulgoso.

—¡A que Max Pulgoso y el Capitán Barbapulgosa son la misma persona!

—Sami Superpestes! —exclamó el inspector—. Max Pulgoso es uno de los miembros más respetados de nuestra comunidad. No sabe cuánto lo siento, señor Pulgoso. Creo que le debes una disculpa, Sami.

—No se preocupe, inspector —dijo Max, riéndose—. Es obvio que este ratoncito tiene demasiada imaginación.

—¿Ah, sí? Entonces, ¿cómo es que estos no son auténticos piratas? ¿Cómo es posible que tengan exactamente el mismo aspecto que los supuestos criminales rehabilitados que contrató para su hogar para Palomas Abandonadas y Otras Plagas?

Uno por uno, Sami fue quitándoles los bigotes, los parches y los pañuelos.

—¿Lo ven? —dijo entonces, sosteniendo el folleto del hogar.

La muchedumbre no salía de su asombro.

—¡Jamás lo hubiese dicho! —exclamó el alcalde—. ¿Cómo diablos te diste cuenta, Sami?

—Empecé a sospechar algo cuando Max Pulgoso visitó nuestra escuela. Parecía MUY interesado en la colección de tapones de botella del padre de Olivia. Se aseguró de que el inspector Guano estuviese de vacaciones

mandándolo fuera él mismo, y entonces planeó el primer saqueo en Aguas Marrones con su tripulación de falsos piratas.

—He aquí la primera pista —dijo Olivia, sosteniendo el sobre que contenía el guisante seco que habían encontrado—. Este guisante lo encontramos en la escena del robo. Es la comida con la que los humanos alimentan a las ratas en Ratatraz, la prisión para roedores, que es donde Max se aficionó a estos guisantes.

—Max aseguraba estar cons-

truyendo un hogar para palomas y otras plagas
—prosiguió Sami—, pero cuando hablamos
con Robi, este nos dijo que el hogar todavía
no había abierto.

—Y era obvio que no eran
piratas de verdad —apun-
tó el Capitán Ratas—.
Para empezar, no sa-
bían ni cómo manejar
el barco. Además, no de-
jaban de hacer ejercicio en
la rueda, y su ropa estaba demasiado limpia.

—Eso es porque la habían
sacado de la tienda de disfraces de Max —explicó
Sami—. Pero la prueba de-
finitiva fue que, incluso dis-
frazado de pirata, Max seguía

poniéndose su famosa colonia. Si no me equivoco, su fragancia favorita de Eau de Retrete es la de Frescor Alpino.

Sami le entregó al inspector Guano su cuaderno de notas.

—Está todo aquí.

—No... No sé qué decir —admitió el inspector.

—Bueno —dijo el alcalde, dirigiéndose a Max—. Parece que tus días de criminal se han terminado de una vez por todas, Max Pulgoso.

Max miró a Sami y esbozó una sonrisa amarga.

—Vaya, vaya —dijo—. Así que te has dado

cuenta. Qué mala suerte. Justo cuando mis planes estaban saliendo tan bien... Después de este último saqueo, pensaba convertir el hogar para Palomas Abandonadas y Otras Plagas en una mansión de lujo. Habría podido disfrutar de mi botín todos los días delante de vuestras narices, y no os hubierais percatado —dijo con un suspiro—. Lástima que todo se haya ido al garete. De todos modos, siempre he querido viajar...

En un abrir y cerrar de ojos, Max Pulgoso pegó media vuelta, salió corriendo por el muelle y se zambulló en el río.

—¡Se escapa! ¡Que alguien lo detenga! —exclamó el alcalde.

—¡Demasiado tarde! —dijo
Sami.

Pero entonces...

—¡TONI! —le gritó Oli-
via—. ¡SABÍA de lo que eras
capaz!

Sami tuvo que reconocer que la hormiga

era una estrella. Por lo visto, todo lo que había comido había servido para algo; Toni era mucho más grande y fuerte que antes.

—Ahora es mucho mejor centinela —le dijo Sami a Olivia, mientras el inspector Guano se llevaba a Max Pulgoso—. Al fin y al cabo, ¡ha capturado al criminal más buscado de la cloaca!

Capítulo 12
Tesoro devuelto

Sami, Olivia, Toni, el Capitán Ratas y Cuca iban de camino a Aguas Marrones. *El Viejo Tallarín*, ya sin bandera pirata, iba cargado con las cajas que contenían el botín de Max Pulgoso.

Ya habían ayudado al alcalde a devolver lo robado al ayuntamiento, y ahora al Capitán Ratas le habían confiado la misión de llevar de vuelta el resto de cosas a sus dueños.

El tío de Sami, sin duda, estaba disfrutando del encargo.

—Os recuerdo que es muy importante

que devolvamos
cada caja al lugar
correspondiente.
Sami, tú llevarás estas al
Museo de Cosas Brillantes Vertidas Accidentalmente por los Sumideros. Cuca, tú te encargarás de la cucharita de café y de los adornos de jardín.
Yo voy a donar mi grifo dorado al hogar
para Palomas Abandonadas y Otras Plagas, para que, por fin, Robi tenga un sitio
donde vivir.

—¡Eso es fantástico, Capitán Ratas! Yo le devolveré a mi padre su
colección de tapones —dijo Olivia—. Seguro que no se imagina
lo fuerte y bien entrenado que
está Toni ahora.

El Capitán Ratas suspiró y le rascó la cabeza a la hormiga.

—Voy a echar de menos a esta cosita —reconoció.

—Y yo creo que él echará de menos que le rasque la cabeza —dijo Olivia, echándose a reír—. Por cierto, ¿CÓMO consiguió escapar y atrapar a Picaduras?

—Bueno, no fue fácil —respondió Ratas, agitando las patas—. Podríamos decir que fue fruto del trabajo en equipo.

—YO atrapé a Picaduras —se vanaglorió

Cuca—. Estaba escondido detrás de una vieja lata de limonada cuando recordé que a las avispas les gustan los refrescos, así que remé hasta la isla, arrastrando la lata, y, por decirlo de algún modo, ¡Picaduras se encontró en una situación pegajosa! Luego pude liberar al Capitán Ratas.

—Todo lo demás fue idea mía —se apresuró a añadir el Capitán.

—Bien pensado... ¡De los dos! —dijo Sami—. Ahora, devolvamos estas posesiones tan preciadas a sus legítimos dueños.

Cuando por fin terminaron de retornarlo todo, Sami decidió que ya iba siendo hora de volver a casa. Había sido una aventura genial, pero estaba agotado.

—Gracias, Olivia —dijo—. Has sido una detective excelente.

Por una vez, Olivia no supo qué decir.

La madre de Sami se sintió muy aliviada cuando su hijo estuvo de regreso.

—Ya oí las noticias —dijo—. Y yo que pensaba que Max Pulgoso era una rata tan simpática... ¡Pero ha sido una aventura muy peligrosa, Sami! ¡Podrías haberte hecho daño!

Sami quedó cabizbajo, pero la expresión seria de su madre no tar- dó en convertirse en una sonrisa.

—Estoy muy orgullosa de ti —añadió ella entonces—. Mañana hay que ir a la

escuela. Seguro que será raro después de semejante ajetreo, ¿verdad?

¡La escuela! De repente, Sami se acordó de que todavía tenía que dar su charla.

No hubo de qué preocuparse. Su exposición fue todo un éxito. La clase entera escuchó con suma atención el relato de su aventura detectivesca: cuando había empezado a sospechar de Max Pulgoso, cómo Olivia y él se habían hecho pasar por asesores de piratas y cómo era caminar por la tabla. La señora Picores quedó tan impresionada que le dio una pegatina dorada como premio a su esfuerzo.

Cuando volvió a casa, Sami vio que alguien había dejado una carta en el felpudo. «¿Del Capitán Ratas? —pensó—. Pero si nos vimos ayer.»

HOGAR PARA PALOMAS
ABANDONADAS

Y OTRAS PLAGAS

Querido Sami:

¡Se me ha ocurrido una idea estupenda! He hablado con Robi y dice que en la superficie hay un montón de palomas necesitadas y otros animales sin hogar que estarían encantados de poder vivir en el hogar para Palomas Abandonadas y Otras Plagas. ¿Qué te parecería acudir al rescate de nuestros compañeros peludos y emplumados y traerlos a la cloaca? Implicaría tener que hacer un peligroso viaje a sitios repletos de humanos, conque no me vendría nada mal tu ayuda... A no ser que ya estés harto de tantas aventuras.

Un saludo aventurero.

Capitán Ratas

Sami pensó en ello. Por un lado, acababa de llegar el último número del DETECTIVE ARAÑA, y no estaba seguro de necesitar más acción tras lo ocurrido en los últimos días. Un viaje al mundo de los humanos estaría lleno de peligros. Mejor quedarse en su habitación leyendo la revista y dejarle las aventuras a su tío.

Sin embargo, por otra parte, TENÍA un nuevo rollo de papel higiénico que llenar...

FIN

AGRADECIMIENTOS

Gracias a las capitanas editoras Genevieve Herr y Lena McCauley, a los diseñadores bucaneros Alison Padley y Simon Letchford y a su bebé Robin. De nuevo, una gran sonrisa de agradecimiento a la espadachina Penny Holroyde; y abrazos a mi familia y amigos, sobre todo a Joce y a mamá por cuidar de mi humano chillón para que yo pudiese escribir e ilustrar esto sin manchas de leche y garabatos de lápices de colores.

Tampoco quiero olvidarme de mis lectores, en especial de la Escuela Primaria Newnham St. Peter's; la Escuela Primaria West Hill de Wandsworth; la Escuela Primaria Horsley y la Escuela Primaria Rodborough Community de Stroud, y la Escuela Eagle House, en Berkshire. ¡Sois todos maravillosos!

¿CUÁL ES TU NOMBRE DE

PIRATA?

¡No vuelvas
la página todavía!
(NO VALE ESPIAR)

**PRIMERO, ELIGE EL MES
EN EL QUE NACISTE**

**LUEGO, ESCOGE UN NÚMERO
DEL UNO AL DOCE**

 AHORA YA PUEDES
PASAR LA PÁGINA...

ARRR, joven roedor, ¡aquí tienes tu nuevo nombre de pirata!

MES DE NACIMIENTO	NOMBRE DE PILA
Enero	Capitán Ratón Mugriento
Febrero	Rayos y Retruécanos Viscoso
Marzo	Mohoso Burlón
Abril	Lobo de Mar Grasiento
Mayo	Espadachín Cochambroso
Junio	Cabeza de Pescado Inmunda
Julio	Patapalo Cochino
Agosto	Percebe Podrido
Septiembre	Capitán Huesos de Rata
Octubre	Bucanero Apestoso
Noviembre	Timonel Hediondo
Diciembre	Aliento de Calamar

TESORO ENTERRADO